# LEA~~B~~ SOS

# Scuab Fiacal Danny

BRIANÓG BRADY DAWSON
Léaráidí le Michael Connor

• Leagan Gaeilge: Daire Mac Pháidín •

THE O'BRIEN PRESS
DUBLIN

An chéad chló 2009 ag The O'Brien Press Ltd,
12 Bóthar Thír an Iúir Thoir, Ráth Garbh, Baile Átha Cliath 6, Éire.
Fón: +353 1 4923333; Facs: +353 1 4922777
Ríomhphost: books@obrien.ie
Suíomh gréasáin: www.obrien.ie

ISBN: 978-1-84717-128-3

British Library Cataloguing-in-Publication Data.
Tá tagairt don teideal seo ar fáil ó Leabharlann na Breataine Móire

1  2  3  4  5  6  7  8  9  10
09  10  11  12  13  14  15

Faigheann The O'Brien Press cabhair
ón gComhairle Ealaíon

Eagarthóir: Daire Mac Pháidín
Dearadh leabhair: The O'Brien Press
Clódóireacht: CPI Group Ltd, UK.

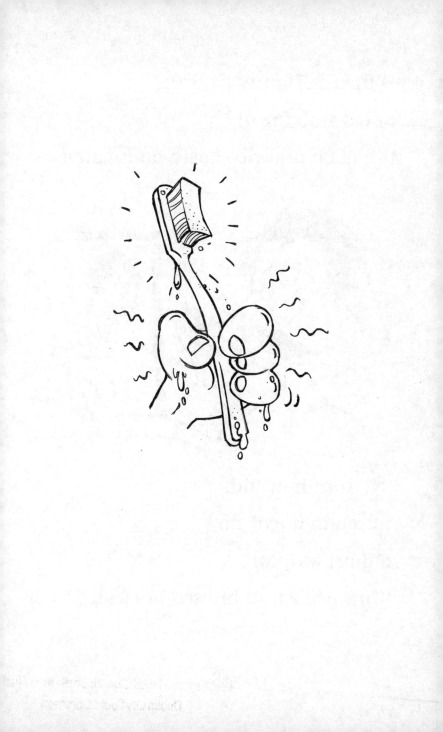

D'fhéach Danny de Brún

ar a scuab fiacal.

Bhí gach aon ribe casta agus caite.

'Níl maith ar bith

sa scuab fiacal sin,'

a dúirt Mamaí.

'Cuir isteach sa bhosca bruscair í.'

Bhí áthas an domhain ar Danny.
Bhí **fuath** aige ar a chuid fiacla
a ghlanadh.

'Ní bhíonn mo chuid fiacla
salach riamh,' arsa Danny.
'Glanaim le mo theanga iad!'

Tháinig Mamó ar cuairt
an tráthnóna sin.

Thug sí póg mhór do Danny.
'Féach cad atá agam duit,'
arsa Mamó leis.

D'oscail Mamó a mála.

Thóg sí scuab fiacal

nua bhuí amach.

Ní raibh Danny róshásta.

Tá mé chun fáil réidh

leis an scuab seo,

a dúirt sé leis féin.

Ach rinne sé
meangadh mór gáire
le Mamó.
'Go raibh maith agat,'
a dúirt sé.
'Tá sí seo go hálainn.
Tógfaidh mé suas staighre anois í.'

11

Chuaigh Danny suas staighre.
Níor thaitin an scuab fiacal
nua leis.

Bhuail sé an scuab fiacal
ar an staighre.
Ach níor bhris sí.

'Is Gruagach tú!' arsa Danny

leis an scuab fiacal nua.

'Tá mé chun tú a mharú.'

Bhuail smaoineamh iontach

Danny ansin.

'An leithreas!' a dúirt sé.

'Cuirfidh mé síos an leithreas í.'

Rith sé isteach sa seomra folctha.

D'fhéach sé ar a scuab fiacal nua.

'Tá deireadh leat!' a dúirt sé,

agus thosaigh sé ag gáire.

# Plab!

Chaith Danny
an scuab fiacal nua
isteach san uisce.

Ansin tharraing sé
an leithreas.

'Slán leat, a scuab fiacal,'
a dúirt sé.

Rinne Danny meangadh gáire
sa scáthán.

Bhí sé an-sásta leis féin.

Ansin, tar éis cupla nóiméad
d'fhéach sé isteach sa leithreas arís.

Bhí an scuab fiacal nua
ansin fós.
Bhí sí ar snámh
ar bharr an uisce.

'Danny!' Bhí Mamaí ag teacht suas an staighre.

'Tá Marc agus Daire anseo. Amach leat ag spraoi.'

'Ó bhó!' arsa Danny.

'Cad a dhéanfaidh mé anois?'

D'fhéach Danny
isteach sa leithreas.
Chuir Danny a lámh
isteach san uisce.

Tharraing sé
an scuab fiacal amach.

'**Soit**!' a dúirt sé.

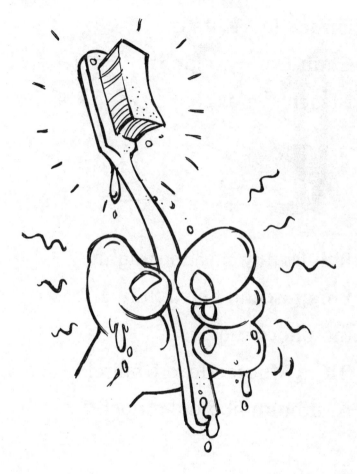

Rith Danny síos an staighre.

Bhí an scuab fiacal fhliuch

ina phóca aige.

'Hé, a Mharc. Hé, a Dhaire!

Ar mhaith libh dul amach?'

'Keeno! Keeno!' a bhéic Danny.

Rith Keeno isteach sa halla.

Léim sé suas ar Danny.

Ligh Keeno aghaidh Danny.

'**Soit**!' arsa Danny.

Amach an doras
leis na buachaillí.
'Anois, a chairde!' arsa Danny,
'caithfidh mé fáil réidh
le rud éigin.'

Bhí Daire ar bís.
'Cinnte!' ar seisean. 'Cén rud?'

'Fuair Mamó scuab fiacal
nua dom,' arsa Danny.
'Caithfidh mé
mo chuid fiacla a ghlanadh
gach **maidin** agus gach **oíche**.
Tá mé bréan de!'

Thóg Danny an scuab fiacal
amach as a phóca.
'**Is fuath liom í**!' a dúirt sé.

'Is Gruagach í!' arsa Marc.

Rith na buachaillí
an bealach ar fad
go dtí an pháirc.
Rith Keeno in aice leo freisin.

Bhí smaoineamh ag Danny ansin.
Chaith sé an scuab fiacal
chomh fada agus ab fhéidir leis.
'Faigh í, Keeno. Faigh í!'
a bhéic sé.

Rith Keeno leis.

Tháinig sé ar ais

i gceann nóiméid.

Bhí an scuab fiacal

ina bhéal aige.

Bhí sí **an-fhliuch**
agus **salach**.

Bhí an-spraoi ag na buachaillí
le Keeno agus an scuab fiacal.
Tháinig tuirse orthu tar éis tamaill.
Shuigh siad síos.

'Hé!' arsa Danny.

'Cad é an boladh sin?'

D'fhéach siad ar an scuab fiacal.

'Soit!' arsa Marc.

'Tá sí **lofa**!' arsa Daire.

Thit Daire siar ar an talamh.

Rinne Danny agus Marc gáire.

Bhí smaoineamh eile

ag Danny ansin.

'Féach ar Keeno,' arsa Danny.

'Tá sé an-salach.'

'Caithfimid fionnadh Keeno
a scuabadh! Is féidir
mo scuab fiacal a úsáid,'
arsa Danny.

Scuab gach buachaill Keeno
leis an scuab fiacal.

Bhí sí lán le fionnadh Keeno.

'Tá sí lofa **anois**,' arsa Marc.

'Sin toisc go bhfuil
Keeno chomh salach!'
arsa Danny.
'Ar aghaidh linn
go dtí an lochán.'

Bhí dath an-ghlas ar an lochán.

'Tá an t-uisce seo an-salach!'

arsa Danny.

Chuir Danny a scuab fiacal

isteach sa lochán.

Tharraing sé an scuab amach

tar éis tamaill.

Bhí sí clúdaithe le salachar glas.

'Is Ollphéist ghlas í!' arsa Daire.

Bhí an-spraoi ag Danny

ag fáil réidh

lena scuab fiacal.

Ansin chonaic Marc

duine éigin ag teacht suas an cnoc.

'Brostaígí!' a bhéic sé.

'Conor Ó Dálaigh atá ann!'

Chas na buachaillí

timpeall go tapa.

Níor thaitin bulaí na scoile leo.

Ach chonaic Conor Ó Dálaigh iad.

'Cad atá agat ansin, a Danny?'

ar seisean.

Rug Conor greim
ar an scuab fiacal.
'Is scuab fiacal álainn í seo,'
a dúirt sé, ag gáire.
'Ar thit sí isteach sa lochán?'

Rinne Danny iarracht
breith ar an scuab.
Ach bhrúigh Conor
as an mbealach é.
'Fan nóiméad,' a dúirt sé.
'Tá rud éigin gránna
ar mo bhróg!'

Ansin ghlan Conor Ó Dálaigh

**a bhróg**

le scuab fiacal nua

Danny.

Chaith sé an scuab fiacal
ar ais chuig Danny
agus shiúil sé leis
ag gáire.

Bhí an scuab fiacal
gan mhaith anois.
Ach ní raibh fearg ar Danny.

Phioc Danny suas
an scuab fiacal.
Bhí cuma olc uirthi.
Bhí dath gránna uirthi.
Bhí boladh bréan aisti.
'Cad a dhéanfaimid anois?'
arsa Marc.

'Tá an scuab fiacal **marbh**!'

arsa Danny.

'Beidh orainn í a **chur**.'

Thosaigh Danny,
Marc agus Daire
ag tochailt poill.

Chaith siad an scuab fiacal
isteach sa pholl.

Ansin líon siad an poll arís.

'Marbh go deo!' arsa Danny.

Rinne sé rince beag.

Ansin thosaigh Marc agus Daire
ag rince freisin.

# Hurá

'Tá an scuab fiacal lofa
marbh!' a bhéic Daire.
Bhéic an triúr acu
le háthas.

Bhí Danny ar bís.

'Tá sí marbh!' a bhéic sé.

'Marbh! Marbh! Marbh!'

'Ní fheicfidh mé
an scuab fiacal nua
riamh arís,' arsa Danny.

'Hé, a bhuachaillí!'

Chas Danny timpeall.

Mamaí agus Síle,

a dheirfiúr bheag,

a bhí ann.

'Díreach in am,'

arsa Danny lena chairde.

'Tá picnic againn,' arsa Mamaí.

'An bhfuil ocras oraibh?'

'Tá!' a bhéic Danny, Marc

agus Daire le chéile.

Shuigh siad ar fad síos

ar an talamh.

Thosaigh Síle ag lámhacán.

'Imigh leat, a Shíle,' arsa Mamaí.

'Sea, a Shíle, tabhair sos dúinn,'
arsa Danny.

Thosaigh na buachaillí ar fad
ag gáire.

D'fhéach Mamaí suas

tar éis tamaill.

'Féach! Tá Síle ag tochailt arís,'

arsa Mamaí.

'Is breá léi a bheith ag tochailt.'

56

Tháinig Síle ar ais
tar éis cúpla nóiméad.
Bhí rud éigin ina béal aici.

Níor chreid Danny a shúile.
'**Ó bhó**!' arsa Danny.
Mo scuab fiacal nua atá aici,
a dúirt sé leis féin.

Thóg Mamaí an scuab fiacal
ina lámh.

'A Thiarcais!' arsa Mamaí.
'Seo do **scuab fiacal nua**,
a Danny. Céard a tharla di?'

D'fhéach Danny ar an scuab fiacal.

Bhí sé i dtrioblóid anois.

Mhothaigh sé tinn.

'Ná bí buartha,' arsa Mamaí.
'**Nífidh** mé í. Tá glantóirí
speisialta agam sa bhaile.
Beidh tú ábalta do scuab nua
a úsáid anocht, a Danny.
Geallaim duit.'

Smaoinigh Danny

ar **bhróg**
**shalach** Conor,

ar **bhéal fliuch**
Keeno,

ar an **lochán glas**,

ar an **bpoll sa pháirc**,

agus ar
**an leithreas**!

'Ní dhéanfaidh mé
rud ar bith
mar seo arís!'
arsa Danny.
'Ní dhéanfaidh.
Ní dhéanfaidh!'

*Ach sílim go ndéanfaidh!*

*Cad a cheapann tusa?*

*Mar is buachaill*

*den sórt sin é Danny!*

*Féach! Tá Danny sa leabhar seo*

*de chuid SOS freisin.*

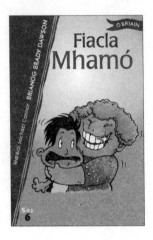